IN OPTIMA FORMA

LUDWIG BECHSTEIN

NACH AKTENSTÜCKEN IM GROSSHERZOGLICHEN AMTSARCHIVE ZU KALTENNORDHEI

Der Amtmann Samuel Ebert lächelte und tippte auf die längliche Schnupftabaksdose von graviertem Kupferblech, auf welcher sich in zierlichen Arabeskenradierungen nach Art der Goldschmiedsgrillen hübsche Gruppen von Drachen, Vögeln und Phantasiegebilden befanden. Des Amtmanns Gehilfe, der Amtsschreiber Jodocus Grauschmied, hatte ein Protokoll vollendet, und die Personen, deren Anwesenheit dieses Protokoll hervorgerufen hatte, waren teils abgetreten, teils abgeführt worden, erstere waren nach ihren Häusern gewandert, letztere in ihre Haft. Es wurden Prisen genommen und gewechselt, und der Amtsschreiber reichte seine Niederschrift dem Amtmanne zur Durchsicht und Bezeichnung. »Protocollum in optima forma – lieber Amtsschreiber, freut mich, freut mich sehr – alles wohl notieret.«

Der Amtmann las sich laut vor:

»Katharina Dietmar, Andreas Dietmars Wittib insgemein die Geißkäth genannt, gebürtig aus Kaltennordheim, wohnhaft daselbst, ist eingezogen worden, dieweil sie seit Jahren her der Hexerei verdächtig, und sintemalen und alldieweilen Heinz Traberts Weib am achtzehnten Augusti sechzehnhundert dreiundsechzig in scharfer Frage öffentlich bekannt hat, mit der Geißkäth und andern die Teufelstänze besucht zu haben, und zwar bei der Hexenlinde überm Dorfe Westheim.«

»Bekannt hat!« – unterbrach sich Herr Samuel Ebert, und rieb sich vergnügt die Hände: »und die Geißkäth soll auch bekennen, soll, muß, wird! Was meint Er, Amtsschreiber? Wieder ein Hexenprozeßchen in optima forma. in optima forma!«

»Habe nichts zu meinen, stelle alles in des gestrengen Herrn Amtmanns Beliebung. Führe getreulich mein Protokollum, Tag für Tag und Jahr um Jahr – bringt jeder Tag seine neue Plage.«

»So? Ei!« – stieß der Amtmann verwundert hervor und murmelte dann wieder teils lesend, teils wie vortragend vor sich hin:

»Zeugenaussagen sind in Summa dreizehn – eine böse Zahl, werden wohl der Hexe scharf an den Kragen gehen! Laß doch hören, laß doch hören! Der alte Kurt Limpert, vierundsiebenzig Jahre alt, entsinnt sich Anno vierzig – ei tausend, das ist lange her, scheint ein gutes Gedächtnis zu haben, denn heuer schreiben wir? – Wie schreiben wir doch, Amtsschreiber?«

»Anno sechzehnhundertvierundsechzig!«

»– Vierundsechzig – in optima forma!« wiederholte der Amtmann.

»– entsinnt sich, Anno vierzig – das war, wie die Baßmännischen Schnapphahnen im Lande hausten und wie der flandrische General – Wachtmeister Gilli de-Haes in der Grafschaft Henneberg mit seinen Banditen so schrecklich hauste, bis ihn die Schweden unter Feldmarschall Banner und Generalleutnant Holzapfel aus dem Lande trieben und bis jene kaiserlichen Völker wiederum kamen und dem Lande vollends den Garaus zu machen drohten, nachdem schon Anno vierunddreißig der hiesige schöne Flecken mit Amthaus, Kirche, Pfarrwohnungen und Schulen ganz und gar in Asche gelegt war. War eine bitterböse Zeit, dazumal, bös in optima forma; kostete ein Löffel voll Salz einen Groschen und ein Ei einen Batzen, wurde das Bettstroh ausgetan, um zu Hecksel für die Pferde zerschnitten zu werden. Dies beiläufig – also dazumal hat, zeugt der alte Kurt Limpert, bei ihm ein kaiserlicher Soldat im Quartier gelegen, der fand im

Nachbarhaus, war das der Geißkäth, einen Topf mit Schmiere und eine Gabel. Jetzt frag' ich Ihn, Amtsschreiber, was hatte der Soldat im Nachbarhaus zu tun?«

»Kann nicht dienen, Gestrengen, war dazumal noch ein Schulbüblein, wollt', ich wär' es noch.« – »Hm, hm, hm!« machte der Amtmann und fuhr fort: »Der Soldat nahm – aha! – er nahm – das wird wohl sein Zweck drüben gewesen sein, besagte Gabel und Schmiere und trug sie in Limperts Haus. Als nun Limperts Weib das der Hexe vorhielt und sie fragte, was denn das für eine Schmiere sei, so hat jene gesagt: ›eine Wagenschmiere, willst du sie aber für Gänsefett essen, Trude Limpertin, so soll sie dir vergönnt sein‹. Darauf hat die Limpertin Gabel und Topf samt Schmiere in das Wasser geworfen, und dazu hat die Geißkäth gelacht. Denke Er nur, Amtsschreiber, gelacht, in optima forma!«

»Da haben wir die Schmiere!« versetzte Ehren Jodocus Grauschmied trocken.

»Wo? Wo?« fragte hastig der Amtmann.

»Je nun, im Wasser.«

»Pah! dumm – schade, wär' ein herrlich corpus delicti gewesen!«

»Jawohl, delicios!« wortspielte schadenfroh der Amtsschreiber.

»Zweiter Zeuge«, fuhr Samuel Ebert fort, »Caspar Dietmar, der Schwager der Hexe, hört von der Sache, ärgert sich darüber, rennt hin, zankt mit ihr und schimpft sie auf offener Gasse eine Hexe. Was tut die Geißkäth?«

»Weiß nicht, war nicht dabei.« –

»Sie lacht abermals – aber wird nicht klagbar. Und was geschieht dem Caspar Dietmar?«

»Weiß ebenfalls nicht!«

»Wird lahm, lahm in optima forma!«

»Dritter Zeuge ist eine Zeugin, Margareta Caspar Schirmers Wittib, ist auch lahm, kreuzlahm und lendenlahm. Hat die Geißkäth in Verdacht und zeugt, weil sie die Geißkäth in Verdacht gehabt, so habe sie dieselbige dreimal um Gottes willen gebeten, sie von ihren großen Schmerzen zu befreien. Und das habe die Geißkäth auch getan.«

»Und für diese Hilfe«, warf der Amtsschreiber ein, »muß die Geißkäth eine Hexe sein in...«

»In optima forma!« triumphierte der Amtmann und nahm eine neue Prise, während der Amtsschreiber böse Blicke schoß und ärgerlich den Kopf schüttelte.

»Vierter Zeuge: Melchior Schirmer. Dieser hat zu verschiedenen Malen den Drachen in das Haus der Geißkäth einfahren sehen.«

»Dummkopf!« murrte der Amtsschreiber vor sich hin.

»Wer?« fragte der Amtmann.

»Er! – Der Schirmer nämlich!«

»So! Warum?«

»Weil es keinen Drachen gibt!«

»Amtsschreiber, schwätz' Er nicht solches unsinniges und gottloses Zeug! Ich dächte, wenn Er seine Frau ansähe, müßt' Ihm der Glaube von selbst in die Hand kommen, bloß vom Schauen.«

»Reciproce, Euer Gestrengen!« versetzte Grauschmied mit spöttischem Verneigen.

»Fünfter Zeuge«, fuhr der Amtmann mit Kopfschütteln fort, »ist wieder eine Zeugin, Gertraut, Claus Griesmanns Wittib; hat mit Melchior Schirmers Weib auf der Gasse geredet, kam die Geißkäth daher und fragte: ›Was habt Ihr Übles von mir zu reden?‹ (Wäre in der Tat also gewesen, daß beide Weiber von ihr gesprochen.) Fragte die Gertraut: ›Wer sagt dir, daß wir von dir reden?‹ Da hat die Geißkäth erwidert: ›Mein kleiner Finger!‹ Und dazu hat sie – was hat sie dazu getan?« –

»Geweint, ohne Zweifel!« antwortete spöttelnd der Amtsschreiber.

»Gelacht hat sie, und nicht geweint! Daß Er's weiß, Amtsschreiber!«

»Weiß es gar wohl, Gestrengen, hab' es ja selbst ad protocollum genommen.«

»Ach, Er weiß den Henker was, Er schreibt in optima forma!« –

»Bedanke mich schön!«

»Sechster Zeuge: Heinz Lurz, ist der Geißkäth, seiner Base, vier Taler schuldig gewesen und hat ihr diese Schuld abbezahlt, bis auf sechs Kopfstücke; diese hat er nicht bezahlt, und sie hat deshalb einen Haß auf ihn geworfen.«

»Intelligo!« – »Wieso?« – »Je nun, Gestrengen, wenn einer einem schuldig bleibt und bezahlt niemals, so pflegt das im menschlichen Leben insgemein so zu geschehen, daß der andere einen Haß auf den bösen Zahler wirft und sein Geld mit Ungestüm fordert.« –

»Recte dixisti! Er trifft den Nagel, Amtsschreiber.«

»Die Geißkäth forderte ihr Geld mit Ungestüm, und als einst der Heinz Lurz im Häslichsfeld gedüngt hatte und leer heimfahrt, tritt ihn die Geißkäth an bei der Schenkwiese und heischt das Geld unter Schimpfen und Schmähen. Er peitscht sie von den Pferden hinweg und schimpft sie eine Bluthexe. Sie geht brummend und scheltend fort, nach dem Häslich, und klagt nicht in optima forma.«

»Siebenter Zeuge, Lips, des Wachtmeisters Georg Sohn von Kaltennordheim, Ackerjunge bei Heinz Lurz, fünfzehn Jahre alt, zeugt, als er mit seinem Herrn an den Acker gefahren, da habe er mitten im Weg ein Kreuz, von Hölzen gelegt, erblickt, so daß das Handpferd darübergehen müssen. Auf dem Rückweg springt Lips vom Wagen und zerstört sotanes Kreuz, indem er es auseinanderwirft, demungeachtet wird das Handpferd krank, steht vier Tage, und am fünften fällt es um und krepiert. Und nach aber vier Tagen stirbt auch der Sattelgaul in optima forma.«

»Achter Zeuge, der Feldmeister Urban: Als dem Heinz Lurz auch das dritte Pferd krank geworden, habe letzterer ihn gerufen, und da habe er befunden, daß dem Pferd die Schwefelkerze gebrannt sei. Weiß Er, Amtsschreiber, was das heißen soll: die Schwefelkerze?«

»Nein, Gestrengen! Ich pflege nur Unschlittkerzen zu brennen oder Rüböl!«

»Das ist ein heidnischer Teufelsaberglaube, Amtsschreiber. Das Hexenpack macht sich eine Kerze von Jungfernpech und Schwefelblumen; der Docht muß vom Hemde eines unschuldigen Mägdleins gedreht werden. Nun wird das arme Vieh, welchem die Kerze gebrannt werden soll, in die Gedanken genommen und ein gottverdammter Teufelssegen dazu gemurmelt, und sowie die Kerze verbrennt, verbrennen dem armen Vieh die Eingeweide, und es muß elendiglich daraufgehen.«

»Incredibile! – vanitas – vanitatum vanitas!« murmelte der Amtsschreiber abermals mit Kopfschütteln.

»Ist darauf der Heinz Lurz mit dem Feldmeister zur Geißkäth gegangen, als welche beide stark in Verdacht gehabt, daß sie dem Vieh die Kerzen brenne, und hat Lurz zu ihr gesagt, sie bringe ihn ja um alle seine Pferde und ihn mit Weib und Kind an den Bettelstab. Wenn sie nicht nachließe, so wolle er sie öffentlich anklagen. Aber Geißkäth lachte abermals und erwiderte, es sei alles erlogen – sie habe es nicht getan, könne und werde auch so etwas nie tun – er möge nur klagen, wenn und wo er wolle, sie selbst aber habe nicht geklagt.«

»Neuntens, eine Zeugin, Anna, Hans Lurzens Weib, Heinzens Mutter, bestätigt, was sie bereits in Martin Schirmers, des Bäcken Haus, gesagt, daß sie fest glaube, die Geißkäth habe ihrem Mann ein lahmes Bein gemacht.«

»Zehnter Zeuge, der Gemeinhirte und wohlbestallte Nachtwächter allhier, Georg Teich, sagt aus, die Geißkäth habe eine schwarze Kuh und stumpfen Hörnern unter das Vieh gesandt, selbige Kuh habe am Schwanz drei ungewöhnliche Krümmen, und wenn die Kuh etwas habe vornehmen wollen, so habe sich der Ringelschwanz geregt, als ob etwas Lebendiges in ihm sei. Die Kuh sei dreimal wie ein böser Junge unter das Vieh gesprungen, habe es mit den stumpfen Hörnern angeregt und es so zusammengetrieben und untereinandergehetzt, daß Georg Teich vermeint, es werde alles zu Boden stürzen.«

»Nun, was dünket Ihm, Amtsschreiber, von sotaner Kuh und ihrem Schwanze?«

»Mich bedünket, Gestrengen, daß sotaner ungeberdigen Kuh Frau Mutter sich an einer Sau versehen und sie mit einem geringelten Sauschwänzlein zur Welt gebracht und daß es sehr gut sei, daß selbige stumpfe Hörner habe, und keine spitzigen.«

»Ei wie spitzfindig! Dünket Ihm nicht, daß es eine Teufelskuh?«

»Nein! Das alles sind Phantasmata, Hirngespinste hirnverbrannter Leute.«

»Auch gut, sequens! Elfter Zeuge, Hans Dill, kam dazu, wie der Hirte sein Vieh in das Wasser hinter der Burg trieb, einiges Vieh blieb auf dem Acker stehen, da lief mit einem Male die Kuh der Geißkäth aus dem Wasser, die andern ihr alle nach in mächtigen Sätzen und alles stob und stürzte übereinander, und Hans Dilles Kuh ist endlich nicht wieder aufgestiegen, vielmehr liegengeblieben, dieweil sie einen Schenkel gebrochen, und hat müssen abgestochen werden. Als dies geschehen, ist die Geißkäth gekommen, hat ihre Kuh geholt und an einem Strick nach Hause geführt.«

»Zwölfter Zeuge, respektive Zeugin: Trine, des Hirten Georg Teich Eheweib, Ziegenhirtin allhier, zeugt, daß die Geißkäth ihrem, der Hirtin kleinem Söhnlein einen Pfennig gegeben, welchen das Kind ihr, seiner Mutter, überbracht, darauf sie, die Hirtin, starr voll Ungeziefer geworden.

Schauderhaft! in optima forma! Was sagt Er dazu, Amtsschreiber?«

»Nichts – ich habe darüber meine eigenen Gedanken. Gestrengen – will selbige aber in petto behalten.«

»Ad libitum! Dreizehnter Zeuge, Hans Limpert, des alten Kurt Limpert Sohn, dreiundfünfzig Jahre alt, sagt aus: Geißkäth sei seine nächste Nachbarin und sei früher täglich herüber in sein Haus gekommen, endlich aber habe er's ihr verboten. Auf Befragen warum? zeugt Hans Limpert, daß ihm eine Kuh und drei Schweine gestorben seien, wisse nicht, wer Schuld daran habe, doch ruhe sein Verdacht auf der Geißkäth. Habe schon dem vorigen gestrengen Herrn Amtmann sein Leid geklagt, der habe aber immer gesagt: ›Laßt sie nur gehn, sie wird ihren Lohn schon noch bekommen.‹«

»Species facti et indicia quantum satis!« endete der Amtmann seine Vorlesung. »Das Prozeßchen ist fertig in optima forma, muß brennen – hilft nicht vor Gott und ach Gott. Müssen hier in Kaltennordheim auch einmal ein Hexengaudium haben, nicht? Was meint Er, Amtsschreiber?« –

»Unsinn!«

»Unsinn? Ja, den hat Er stets im Kopf. Oder soll es etwa *nicht* sein? Drüben in Meiningen verbrennen sie alle fingerslang solche Hexen, erst im letzten Oktober ist die Katharina Bärthin lebendig justifiziert worden und heuer im Mai die Dorothea Erk mit dem Schwert gerichtet und dann verbrannt, und die Esther Fleischmännin hätte auch daran gemußt, wenn ihr nicht, wie man vermutet, der böse Feind im Gefängnis das Genick gebrochen, daher sie unter den Galgen begraben worden. Auch sitzt noch ihre Schwester Dorothea Fleischmännin, und wird noch im nächsten Herbst darankommen – in optima forma.«

»Es ist greulich!« seufzte der Amtsschreiber – und ein Schauer ging durch seine Seele.

»Wir haben nun in optima forma anderweites nochmaliges Zeugenverhör anzuberaumen, darauf Inquisitin in Güte zu befragen, ihr drei Tage Bedenkzeit zu geben, sie nochmals zu verhören, mittlerweile an hohe Landesdirektion und Oberaufsicht nach Eisenach zu berichten und das weitere zu gewärtigen, welches weitere zuversichtlich vorauszusehen und erfolgen wird in optima forma.«

Nach diesem Zwiegespräch in der Gerichtsstube begaben sich die beiden Beamten zu Tische und beraumten auf den morgenden Tag das abermalige Zeugenverhör an.

Es war ein eigentümlicher trauriger Anblick, die Bauern und Bäuerinnen zu sehen, die vor Gericht geladen waren und auf dem Vorsaal des neuerbauten Amtshauses des Augenblicks harrten, wo der Gerichtsfron sie hinein in das Verhör rief. Diese teils listigen und frechen, teils stieren und dummen Gesichter, auf denen völlige Unwissenheit, sinnloser Wahnglaube, fast blödsinnige Gleichgültigkeit oder heimlicher Groll zu lesen war! An diesen wie an den Kleidungsstücken war zu erkennen, daß ein armseliges, zerlumptes, heruntergekommenes, durch den langen verderblichen Krieg entsittlichtes Volk jetzt im Lande wohne, und an der Furchtsamkeit, die aus manchen Mienen blickte, war leicht zu erkennen, daß dieses arme Volk nach dem lastenden, doch vorübergegangenen Drucke der Kriegsbedrängnisse jetzt unter der Beamtenherrschaft seufzte und von dieser in jeder Weise geknechtet wurde.

Der Gerichtsfron öffnete die Tür des Sitzungszimmers der Amtsstube, darin neben Amtmann und Amtsschreiber die geordneten Gerichtsschöppen als Beisitzer bereits Platz genommen, und rief die Zeugen herein, einen nach dem andern.

»Kurt Limpert!«

»Hier!« – Ein zitternder Greis, auf einen Stab gestützt, wankt zur Türe. Der Fron reißt ihm den Stab aus der Hand und wirft diesen schallend zu Boden. »Will der alte Lurz wohl gar einen Stecken mit in die Gerichtsstube nehmen? Weiter fehlte nichts!«

»Ach Gott, ach Gott!« seufzte der gebrechliche Alte und hält sich mit seinen schwachen Händen an den Türpfosten und wankt in das Zimmer. Er kann kaum stehen, aber er muß dennoch stehen, es wäre das allererste Mal, daß der gestrenge Amtmann irgendeinen vor Gericht Geladenen hätte niedersetzen lassen. Setzen ließ er die Leute für sein Leben gern, und in optima forma, wie er immer sagte, in der Gerichtsstube niedersetzen aber ließ er keinen.

Dem alten Limpert wird vorgelesen, was er gezeugt, er bestätigt alles und ist froh, bald entlassen zu werden. Sein Weib Magdalene, die jetzt gerufen wird, reicht ihm den von ihr aufgehobenen Stab und tritt ein. Sie solle jetzt alles sagen, was sie über die Geißkäth wisse.

»Ich weiß über die Geißkäth gar nichts, als daß die Leute im Dorfe sagen, sie sei eine Hexe.«

Ob sie nicht Anno dazumal die Geißkäth wegen Schmiere und Gabel befragt und letztere beide Stücke ins Wasser geworfen, und warum sie das getan?

»Das ist eine alte Schmiere, kann mich dessen kaum noch entsinnen; mag wohl Wagenschmiere gewesen sein – ich warf sie in das Wasser, weil die Schmiere und die Gabel stanken und ich einen Ekel vor beiden empfand. Wollt's nicht in meinem Hause haben.«

»Sotanes Bekenntnis ist nicht in optima forma!« sprach der Amtmann. »Und was sagte Geißkäth dazu?«

»Gar nichts, gestrenger Herr Amtmann, sie lachte, und ich muß auch lachen.«

»Weshalb mußt du lachen, Magdalene Limpert?«

»Weil eine so alte Schmiere jetzt nach vierundzwanzig Jahren wieder aufgewärmt wird.«

»Nicht räsonnieren! Sonst wird man dir mores lehren in optima forma! Abtreten. Caspar Dietmar, alt sechsundfünfzig Jahre, herein!«

»Caspar Dietmar!« schreit der Fron hinaus, und in die Gerichtsstube hinkt ein Bäuerlein und fällt vor eitel Angst fast auf die Knie. Soll seine Aussage wiederholen. Caspar Dietmar wiederholt und bestätigt alles, und noch etwas darüber. Er habe auch den Drachen gesehen. »Wie sah der Drache aus, und fuhr er wirklich in das Häuslein der Geißkäth?«

»Wie der Drache aussah? Ach lieber gnädiger Herr Amtsmann! Straf er mich nur nicht – er sah gar nicht aus – er war eitel ein Feuer – ja, das kann ich beschwören – ein eitel Feuer war's, und flog auch nicht in das Haus der Geißkäth, sondern weberte nur so drum herum.«

»Flog drum herum – in optima forma – ad protocollum Amtsschreiber – dürfte noch mehr Feuer um besagte Geißkäth herum webern. Abtreten! Zeugin Margareta, Caspar Schirmers Wittib, herein!«

Der Fron rief, und die Gerufene kam; eine Bäuerin von drallen und prallen Formen und festem kecken Wesen, aber dabei dennoch lahm, hinkte sie herein.

»Was ich gesagt habe, gestrenger Herr Amtmann, das habe ich gesagt, und dabei bleibe ich. Die Geißkäth, das sage ich, ist eine von der siebenten Bitte des heiligen Vaterunsers, wo man spricht: erlöse uns von dem Übel. Der ganze Flecken fürchtet sich vor ihr – es sind nur noch wenige Häuser, in die sie eintreten darf; mich hat sie lahm gemacht, das schwöre ich zu Gott, weil ich ihr einmal sollte dreschen helfen, und das tat ich nicht – nein, absolut nicht –, da wurd' ich lahm im Arm, und da lief ich hin zu ihr und schrie sie dreimal an, mir doch um Gottes willen zu helfen, und da sagte die Geißkäth zu mir: ›Schirmern, du bist eine dumme Gans und gebärdest dich gleich einer Närrin! Hebe dich von hinnen.‹ Jetzt ging ich und drohte ihr, sie zu verklagen, da kam sie am Nachmittage und hatte ein Bürdlein Kräuter, Sanikel, Beschreikraut, Ottermeinige, schwarzen Andorn und Teufelsabbiß, damit sollt' ich den Arm reiben, das tat ich, und da ließen die Schmerzen gleich nach – aber hernach hab' ich's desto ärger in die Hüfte bekommen, da sitzt's noch und will nicht wieder heraus, und das hat niemand getan als die alte schandbare Wetterhexe!«

»Genug! Genug! Beliebe jetzt dein Maul zu halten, Margareta Schirmer, und tritt ab! Der Bäck soll eintreten, Melchior Schirmer, der Schwager dieser Bäuerin!«

Der Bäcker erschien, von Mehl überstäubt, ein Mann von einundfünfzig Jahren. Soll bestätigen, daß er öfter den Drachen in das Haus der Geißkäth hat fahren sehen und wie der Drache ausgesehen habe.

»Gesehen hab' ich den Drachen, gestrenge Herren, o ja, war halt ein feurig Ding, so groß wie mein Backofen, und hatte einen Schweif, mit Ehren zu melden, sechs Schürstangen lang und so dick wie ein Balken. Daß selbiger Drach just in das Häuslein der Geißkäth gefahren, schien mir zwar so, kann's aber nicht beschwören, denn ich war nicht nahe dabei.«

»Hättest sollen dabei sein, Bäck! Denn was nicht beschworen werden kann in optima forma, hat kein Gewicht, ist leere Ausrede! – Abtreten! Die Zeugin Katharina Schirmer, des Bäcken Eheweib, herein!«

Die Gerufene kam – auch eine stämmige Frau, die ebensowenig Zuneigung zur Geißkäth an den Tag legte wie die andern, aber demungeachtet verrückte sie das Konzept. »Es ist mir nach der Hand beigefallen« – sprach sie: »daß wir, als ich mit Claus Griesmanns Witwe auf der Gasse sprach und die Geißkäth dazu kam, nicht von ihr, sondern von Löbers Käthen gesprochen haben, daher war die Vermutung der Geißkäth irrig und ihre Behauptung ein Lug.«

»Daß dich! Daß dich! Heute so und morgen so! Warum wird nicht bei der Stange geblieben? Will sagen bei der Aussage, wie sie einmal feststeht ad protocollum in optima forma? Marsch hinaus! Gertrud, Claus Griesmanns Wittib, herein!«

Gertrud naht mit blödsinnigem Wesen, sie bejaht alles, was man sie fragt. Wäre sie gefragt worden, ob sie selbst eine Hexe, so würde sie es wahrscheinlich auch bejaht haben. Ob sie mit der Zeugin Katharina Schirmer von der Geißkäth auf der Straße gesprochen? – Ja! Oder von der Löbers Käther? – Ja! – Ob sie die Geißkäth für eine Hexe halte? Ja! – Ob sie glaube, daß die Geißkäth den Caspar Dietmar und die Margareta Schirmer lahm gemacht habe? – Ja! – Der Gestrenge rückte ungeduldig auf seinem ledergepolsterten Amtssessel und Richterstuhl umher, endlich rief er zornig: »Hinaus mit dem Ja! Vernünftigere Zeugen herein! Hölle! Wen haben wir denn noch in optima forma!«

»Heinz Lurz, Euer Gestrengen!« – antwortete auf diese Frage der Amtsschreiber.

»Also – Heinz Lurz herein!«

Der unglückliche Pferdebauer trat ein; ein ernster, ruhiger Mann von dreiunddreißig Jahren, dem man den Schmerz über seinen erlittenen schweren Verlust nur zu sehr ansah. Er wiederholte die Erzählung dieser seiner empfindlichen Verluste, erzählte alles, bestätigte alles bereits Ausgesagte und weinte, als er erwähnte, daß ihm binnen dreizehn Wochen acht Pferde, die vorher alle frisch und gesund gewesen, gefallen seien.

Alles dies und das früher Ausgesagte bestätigten auch die ferneren Zeugen, Lips, des Wachtmeisters Sohn, Ackerjunge bei Heinz, und Urban, der Feldmeister, welcher sich nun auch des breitern über das Brennen der sogenannten Schwefelkerze ausließ.

Jetzt wurde ein ganz neuer Zeuge hereingerufen, Hans Lurz, des Heinz Bruder, Kirchenältester, siebenundsechzig Jahre alt – ein Mann, von dem die Rede ging und kundbar geworden, die Geißkäth habe ihn behext. Der betagte Mann trat mit der Würde ein, die das Amt eines Kirchenältesten erheischt. Er hatte die Physiognomie eines Mystikers, den Ernst eines Leichenbitters und die Gestalt einer Hopfenstange.

Aufgefordert, vor Gericht ohne Hehl alles zu sagen, was er von der Geißkäth wisse, sprach Hans Lurz mit salbungsvollem Tone: »Es mögen wohl zweiundzwanzig Jahre her sein, daß ich der Geißkäth eine Kuh verkaufte, die sie mir schuldig blieb und nicht bezahlte. Da ich mein Geld notwendig brauchte, so mußte ich klagend gegen die Geißkäth auftreten, und das Gericht nötigte sie zu zahlen. Darauf warf sie auf mich einen Groll und Gram, und es dauerte gar nicht lange, so kriegt' ich's fürchterlich in dem rechten Schenkel. Es zog mich und brannte darin wie Feuer, und ich konnte weder gehen noch stehen. Indem ich die größten Schmerzen litt, ließ ich sie rufen und bat sie um Gottes willen, mich meiner Schmerzen abzutun, denn sie und niemand anders habe mir dies zuwege gebracht. Die Geißkäth aber lachte mir ins Gesicht, sagte nicht ja und nicht nein zu meiner Rede.« –

»Sagte nicht nein! Ad protocollum in optima forma!« unterbrach der Amtmann den Zeugen.

»– und ich behielt mein Leiden« – fuhr der Zeuge fort, »bis mir geraten wurde, nach Bettenhausen zum alten Böhm zu gehen und den um guten Rat zu bitten. Böhm sagte zu mir: ›Hans Lurz, du bist ein Esel, daß du so lange gewartet hast! Hättest du nur noch über das halbe Jahr gewartet, so wäre dir nicht zu helfen gewesen; so aber ist's noch gut, und kannst noch kuriert werden. Geh heim, nimm ein Schwalbennest, siede es in Wein und schlage die Masse so warm, als du es leiden kannst, um deinen Schenkel, wiederhol es ein paarmal, so wirst du Wunder sehen. Probatum est!‹«

»Und richtig, das Schwalbennest war probatum mitsamt dem Wein – es wurde von Tag zu Tage besser. Die Geißkäth aber hat mich nicht verklagt.«

»Nicht verklagt in optima forma!« wiederholte der Amtmann mit seiner angewöhnten Redensart. »Und nicht nein gesagt. Sequens! Der Zeuge Georg Reich, der Hirte, soll vortreten!«

Auch dieser Gerufene erschien, ein Mann von sechsundvierzig Jahren, in arg zerlumpter Tracht, und befragt über das Ereignis mit der Kuh der Geißkäth, bestätigte er alles bereits im früheren Verhör nach seiner Aussage Niedergeschriebene. Auf Befragen antwortete er, daß wohl an fünfmal jene verrufene Kuh so toll getan; wenn sie auf das Vieh losgerannt, sei alles brüllend geworden, und wenn er ihr gewehrt habe, so sei sie auf ihn gesetzt, und er habe Not gehabt, sich ihrer zu erwehren. Endlich sei auf seine Klage der Geißkäth befohlen worden, die Kuh abzuschaffen, und da habe diese auf ihn, den Hirten, einen giftigen Haß geworfen. »Eines Sonntags«, fuhr Georg Reich fort, »ging ich in die Kirche, führte mich mein Weg am Hause der Geißkäth vorbei. Das alte häßliche Weib sah im langen, hageren, nackten Hals aus dem Fenster, und die grauen Haare hingen ihr ungekämmt um den Kopf. Sie zwinkerte mit ihren roten Augen nach mir hin, ich bot guten Morgen, und statt des Dankes spuckte sie dreimal nach mir aus.«

»Spuckte dreimal in optima forma! Hört Er, Amtsschreiber?« wiederholte und fragte der Amtmann und beendete das zweite Zeugenverhör.

Als alle abgetreten sind, wird die Angeklagte vorgeführt; sie ist eine arme alte Häuslerin, kinderlos, fernher in das Dorf gewandert, ihre Lebensgeschichte liegt im Dunkel, man sagt, sie sei vornehmer Abkunft; sie lebt ganz allein, baut mit harter Anstrengung ihr kleines Stückchen Land, geht ins Holz und trägt sich im Herbst ihr Winterfeuer zusammen. Niemand tut sie etwas zuleide, ließe gern die ganze Welt in Ruhe, wenn man nur sie in Ruhe lassen wollte, hat aber rote Augen und im Gesicht einen lauernden schadenfrohen Zug, ein stechendes Lächeln.

Jetzt soll sie bekennen, daß sie eine Hexe sei, gegen zwanzig Fragen werden ihr vorgelegt. Es wird ihr nicht vergönnt, durch irgend jemand verteidigt zu werden – auch wird ihre Aussage stets durch neue Fragen unterbrochen oder verwirrt. Die Aussage der alten Frau Katharine Dietmar, vulgo Geißkäth war im Zusammenhang etwa die folgende: »Wenn ich eine Hexe sein soll, dann weiß ich's, dann bin ich eine, schreibt es nur hin, gestrenge Herren! Aber wie ich zur Hexenschaft gekommen sein soll, das ist mir unbekannt. Nie ist mir eingefallen, mit dem bösen Feinde einen Bund zu machen; ich kenne diesen bösen Feind gar nicht, meine Ankläger und die treulosen meineidigen Zeugen, das sind meine bösen Feinde, die kenne ich gar wohl, und Gott kennt sie auch und wird sie finden! Nie habe ich Teufelstänze besucht, nie einen Drachen gesehen, ebensowenig einen Topf mit Hexenschmiere besessen, auch keine Hexengabel. Weshalb ich die Beschuldigungen still ertrug und ohne zu klagen? Weil ich sie verachtete. Auch der Heiland schalt nicht wieder, da er gescholten ward! Wozu hätte ich klagen sollen, ich armer, alter Wurm? Was hätte es mir genützt, wenn ich andern vielleicht geschadet hätte? Sind Leute im Dorfe lahm, wo ist der Beweis, daß ich sie lahm gemacht? Und habe ich mit meinen Heilkräutern die Schirmerin kuriert, ist das nicht Teufelsdank von ihr, daß sie mich anklagt? Ebensowenig bin ich schuldig daran, daß dem Heinz Lurz die Pferde gefallen sind. Er hätte sie besser halten sollen, so würden sie wohl nicht gefallen sein!«

Als sich so die alte Angeklagte mit ungleich mehr Vernunft verteidigte, als mit welcher sie verhört wurde, wie das so häufig der Fall ist, nickte der Amtsschreiber zu jedem ihrer Redesätze, und schüttelte der Amtmann den Kopf und murmelte: »Hm, hm, hm! Negat in optima forma!« Darauf begann er weiter sein forschendes, verwirrensollenden Fragen, über die verdächtige Kuh, die Hirtin und sonstiges.

Die Geißkäth sagte aus: »Die Kuh kaufte ich zu Reichenhausen, ich sah ihr nach Kopf und Maul und Euter, und nicht nach dem Schwanz; jedenfalls hat diesen die Kuh mit zur Welt gebracht, wie mancher Mensch seinen Verdruß.« – Da mit solchem unliebsamen Auswuchs auch Ehren Samuel Ebert in etwas von der Mutter Natur bedacht war, so machte es die Alte mit ihrer spitzigen Anspielung darauf eben nicht gut. »Vom Wesen der Kuh auf der Weide«, fuhr sie fort, »weiß ich nichts; ich ging nach der Trift, meine Kuh heimzuführen, weil ein Junge gelaufen kam und durch den ganzen Ort schrie, die Kühe sind alle toll, es ist eine Raserei unter sie gefahren! Die Raserei, das werden ein paar Hurnauspen gewesen sein, die manchmal ein großes Geschwürm machen. Mit mir ging meine Kuh ganz fromm, ich führte sie an einem dünnen Strick nach Hause. Wenn der Hirte sagt, das Vieh sei wild gewesen, so wird es wohl wahr sein. Hat es meine Kuh verursacht, so kann ich doch nichts dafür. – Ich habe auf den Hirten keinen Haß geworfen, habe nicht nach ihm gespuckt, habe ihn gar nicht vorbeigehen sehen, da mir wahrscheinlich an dem Morgen, wo ich das getan haben soll, die Sonne in das Gesicht geschienen hat und ich vielleicht habe niesen müssen.«

»Dem Hirtenjungen habe ich einen Dreier zum Wenpfennig für mein Böcklein gegeben, wie es sich gebührt; ich habe aber noch nie erlebt, nie gehört, daß aus Dreiern Ungeziefer würde. Ist die Hirtin von dergleichen starr voll, so kommt das nicht von meinem Dreier, sondern von ihrer Unsauberkeit her. Ich wünschte viel lieber, aus salva venia Läusen Dreier machen zu können, als aus Dreiern Läuse, das wäre mir ein viel größerer Vorteil. Sonst hat mich doch die Hirtin nicht gefürchtet; oft genug ist sie zu mir gekommen und hat mit von meinem Tisch gegessen, was ich immer bieten konnte. Und mit einem Wort: ich habe niemals weder Menschen noch Vieh beschädigt und bin an allem und jedem, dessen ich bezichtigt werde, völlig unschuldig.« –

»Das Gericht«, nahm der Amtmann das Wort, »gibt dir, Katharina, Andreas Dietmars Wittib, hiermit drei Tage Bedenkzeit, alle deine Aussagen reiflich zu überlegen! – Man führ die verstockte Inquisitin ab.«

»Will gar nichts gestehen, will durchaus keine vermaledeite Hexe sein in optima forma!« zürnte der Amtmann, »hilft ihr ja dennoch alles Leugnen nichts, muß dran! Es muß auch allhier zu Kaltennordheim einmal ein Exempel statuiert werden; sie sollen drüben in Eisenach und zu Gotha, zu Weimar und zu Meiningen nicht den Ruhm allein haben. Sie muß brennen, es hilft ihr alles nichts, brennen in optima forma!«

Die Akten des Zeugenverhöres und die Aussagen wurden rotuliert und die Anklage formuliert, und Amtmann Samuel Ebert sandte pflichtgetreu und dienstmäßig die Akten mit seinem Bericht an die herzogliche Landesdirektion und Oberaufsicht nach Eisenach; bald darauf erfolgte die Rückäußerung mit dem Befehl, die Akten nebst Bericht an den Schöppenstuhl zu Jena zu senden und dessen Urteil zu erbitten.

Die drei Tage Bedenkzeit wurden der armen gefangenen Geißkäth genau zu drei Wochen, denn erst nach deren Verlauf lief das Urteil des jenaischen Schöppenstuhls ein, begleitet von einem Befehl, den der Landesherr, Herzog Johann Georg zu Sachsen-Eisenach, eigenhändig unterzeichnet hatte – den Ausspruch des Schöppenstuhles buchstäblich zu befolgen.

Dieser Ausspruch in seiner schleppenden wortreichen und widersinnigen Breite enthielt die Weisung: die Hexe mit den Zeugen Stirn gen Stirn zu verhören und wenn mehrere derselben erbötig, ihre Aussagen eidlich zu erhärten, so solle ihr der Scharfrichter seine Folterinstrumente vorzeigen und das Gericht sie mit der scharfen Frage bedrohen, damit sie in der Güte gestehe.

Nun war aber kaum von den Dingen die Rede und die Frage, deren die Geißkäth bezichtigt war von ihren Nachbarn und Feinden, sondern es waren jene flehenden, stets über einen Leisten geschlagenen Fragen des himmelschreiendsten Unsinns, der von den gelehrtesten Männern der Rechtswissenschaft jener Zeit ersonnen war, um die Menschen durch teuflische Qualen zur Verzweiflung, zu wahnsinnigen Geständnissen und zu martervollstem Tod zu bringen, es waren die bekannten Fragen nach der Mißtaufe, der Teufelsbuhlschaft, dem Hexenwerk, dem Mißbrauch des Sakraments, insonderheit der heiligen Hostie. Darüber solle das Gericht – so war der Wortlaut: Inquisition, und zwar anfangs in der Güte; und wenn sie nicht gleich zu bekenne, mittelst ziemlicher Tortur, soweit es ihrem Alter und ihrem Leibeszustande nach geschehen kann, mit allem Fleiß umständlich befragen.

Während der Zeit, die inzwischen vergangen war, hatte der Tod den alten Kurt Limpert abgerufen.

Die Alte wurde nun zum abermaligen gütlichen Verhör in die Gerichtsstube geführt. Sie sah sehr elend aus – die lange Haft, die schlechte Kost, die ungesunde Luft des Kerkers und ihre Jahre – das rieb schnell auf.

Im Zeugenverhöre widersprach noch einmal die Alte allen ihren Anklägern, und von den vielen, die gegen sie gezeugt, blieben nur vier bis fünf, die sich getrauten, ihre Aussagen zu beschwören. Allein sie konnten immerhin nur beschwören, was sie glaubten und dafür hielten; daß die angeschuldigten Vergehen die Geißkäth in Wahrheit begangen, das konnten sie nicht beschwören, und es war auch daran dem hochweisen Schöppenstuhl, dem Gericht und dem Amtmann nicht das allermindeste gelegen. Die Zeugen wurden des Meineids verwarnt, ihnen dann der Eid abgenommen, und dann gingen sie in ihrem Gemüte getröstet heim, erfreut, beigetragen zu haben, ein schadhaftes Glied aus der Gemeinde zu entfernen.

Angesichts der Marterinstrumente wiederholte noch einmal Katharine Dietmar ihr wahrhaftes Bekenntnis: »Ich bin keine Hexe, es ginge gegen mein Wissen und Gewissen, wollt' ich selbst mich solcher Untat zeihen; nie will ich meinen Herrn Jesum Christum verleugnen, nie war ich auf einem Hexentanz, und wenn es andere zehnmal behaupten; nie ist ein Drache in mein Haus gefahren! – Kurt Limpert ist als ein Lügner im Dorfe bekannt, Gott wird ihn finden. (Die Angeklagte wußte nicht, daß Gott ihn schon gefunden hatte.) Ich habe nie jemand Schaden zugefügt, auch keinem Tier. Ich kann weder Pferde noch Fliegen sterben, kenne nicht den Stammbaum meiner Kuh – ich bleibe dabei, daß ich völlig unschuldig bin und ungerechterweise so lange im Gefängnis – muß ich aber hier auf Erden für meine Sünden leiden und dulden, so dulde ich's gern, hoffe, Gott wird es mir drüben anrechnen!«

Das war nicht ein Bekenntnis, wie es der Schöppenstuhl zu Jena verlangte, danach ließ sich gar kein Urteil fällen, und unmöglich konnte sich der Amtmann mit demselben begnügen und die Angeklagte, auf die nicht das Allermindeste zu bringen war, in Freiheit setzen.

»Die Beinschrauben!«

Als der Henker der Geißkäth diese Marterinstrumente anzulegen begann, lachte sie laut auf und sprach: »Ich bitte Euch, bemüht Euch doch nicht, Meister! Schraubt mich nicht, ich will ja bekennen!« –

»So recht! Nur frisch gleich zubekannt, in optima forma, wie hochweises Schöppengericht es vorschreibt, so brauchst du keine Marter zu leiden, Geißkäth!«

Der Hohn der Hölle blitzte jetzt aus den hohlen Augen der zur Verzweiflung getriebenen alten Frau. Mit einem Blick der maßlosesten Verachtung sah sie auf ihre erbarmungslosen Richter und begann: »Was soll ich's leugnen, es hilft ja doch zu nichts. Ja, ich bin eine Hexe, weil ein hochweiser Schöppenstuhl zu Jena und noch ein anderes vielleicht weniger weises Gericht es so haben wollen. Ich weiß aber ein noch weiseres Gericht.« –

»Bekannt, bekannt, in optima forma, und nicht gesalbadert!« unterbrach streng der Amtmann, und die Käth bekannte:

»Ja, ich verschwor mich dem Feinde, ließ mich mißtaufen; er hieß Hans und kam nicht oft, gab mir jedesmal einen Groschen. Die Hostie mußt' ich ihm geben, daraus nebst anderen Dingen machte er ein schwarzes Pulver, das braucht' ich nur über ein Tier zu streuen, so starb es, oder über die Stellen, wo Menschen und Tiere gingen. So tat ich mit Lurzens Pferden. Die Teufelstänze hielten wir einen am Walpurgistag, einen am Johannistag und einen zu Michelstag, unter einer großen Buche. Es gab dabei Fleisch und Bier; zwei Pfeifer spielten auf, die Gäste saßen an zwei Tischen; obenan saß die Frau Amtmännin zu Kaltennordheim.« –

»Hexenweib! Willst du schweigen!« fuhr der Amtmann entsetzt vom Sessel und drohte mit beiden Fäusten nach der Geißkäth.

»Nein!« – entgegnete diese: »ich bin hier zu reden, wie es der hochweise Schöppenstuhl befiehlt. Ich sage es, ich beschwöre es, ich werde darauf sterben in Glut und Flammen!«

»Ad protocollum in optima forma?« fragte mit einem höhnischen Lächeln der Amtsschreiber.

»Quod non – amice!« sprach der Amtmann zitternd und bebend (zum ersten Male nannte er den Amtsschreiber Freund; er war zum Tode erschrocken).

»Der böse Feind spricht aus dem Hexenweibe!« zürnte einer der Schöppen.

»Und wer anderes sonst, mit Verlaub, gestrenge Herren, soll aus mir sprechen? Ihr wollt es ja so haben? Eure beiden Weiber waren auch dabei, Ihr Herren Schöppen, Hans Ludwig und Franz Schnepf, es ging hoch her. Des Wirts Bastian Weib, die alte Clausin von Westheim, und noch viele andere mehr, aber die gestrenge Frau Amtmännin, das war die Königin; Claus Hörning war Schaffner, Märten Dille war Koch.«

»Still – still, nicht weiter – es ist genug!« riefen die Beisitzer des Gerichts.

»Nein, es ist nicht genug!« rief die Geißkäth – und schien große Neigung zu haben, so recht herzhaft gleich zu bekennen, ohne alle peinliche Tortur – aber der Amtmann gebot dem Henker, ihr die Tulpe, auch Birne genannt, in den Mund zu stoßen, und indem dies geschah, ließ er die dadurch lautlos gemachte und entsetzlich leidende Inquisitin abführen.

Der Schreck war dem Amtmann in die Glieder gefahren, er fühlte sich gar nicht wohl – aber es mußte nun gleichwohl alles seinen Gang gehen.

Noch einmal wurde die Geißkäth vernommen; man hoffte, sie solle einiges widerrufen, sie sprach aber: »Nein, ich lebe und sterbe bei der Wahrheit, die ist traun eine süßere Frucht als eure Birne. Ich bitte Gott den Allmächtigen um Verzeihung, und wißt ihr, vor welchem höheren Gericht als eures und der hochweise Schöppenstuhl zu Jena ich mich verantworten will und wohin ich ihn, gestrenger Herr Amtmann, feierlich im Namen Gottes lade?«

Schreckliche Stille zwei Augenblicke lang.

»Vor dem jüngsten Gericht! Vor das jüngste Gericht! Drei Tage nach meinem Feuertode!« –

»Weib! Du bist des Todes!« schrie der Amtmann, bleich wie eine Wand, und die Glieder schlugen ihm, als habe er das kalte Fieber.

»Weiß es, Amtmann, weiß es! Wir werden dort miteinander vor dem ewigen unbestechlichen und allweisen Richter stehen, ich werde, unschuldig befunden, vor jenem Schöppenstuhl zum Himmel eingehen, und du wirst als erbärmlicher Schächer zur Hölle fahren!«

»In optima forma!« fuhr es dem Amtsschreiber halblaut aus dem Munde, daß er selbst erschrak über das unbedachte Wort – doch hatte der Amtmann in seiner schrecklichen Aufregung dasselbe ganz überhört.

Dieser wünschte tausendmal, die Geißkäth nicht zum Äußersten getrieben, nicht die Mahnung des gesunden Menschenverstandes durch seinen klügeren Amtsgehilfen unterdrückt und jene des wahnwitzigen Schöppenstuhls, der seine Feuer- und Bluturteile mit dem Schilde des Rechts und des Glaubens deckte, befolgt zu haben. Indem diese entsetzlichen Gerichte, die Schöppenstühle, erst die Untaten voraussetzten, deren Eingeständnis sie dann durch die Folter erpressen ließen, war es fast unmöglich, daß ein Angeklagter anders gerechtfertigt aus seiner Haft hervorging als durch den Tod mittelst Schwert oder Feuer, und der teuflische Hohn dieser Richterstühle mißbrauchte sogar die edle deutsche Sprache und verstand unter Rechtfertigung eben nichts als die Hinrichtung.

Es war nun alles zu spät. Der Bericht über die Bekenntnisse der Geißkäth, zwar mit weislicher Hinweglassung der Angaben der auf den Teufelstänzen mit gewesenen Personen, erging an die Landesdirektion, und von dieser erging der übliche Befehl, die Akten zum Spruch nach Jena zu senden. Von dort kam das Urteil des Schöppenstuhls wieder an den Landesherrn, und dieser sandte es mit dem Befehl, dasselbe ehestens und pünktlich zu vollziehen, an den Amtmann. Es lautete in der üblichen Form: »Hat Inquisitin bekannt, daß sie« – und nun folgte die Aufzählung aller jener ersonnenen Untaten, selten die der wirklich verübten – welche die Folterqual erpreßt hatte – »so wird sie mit dem Feuer vom Leben zum Tode gebracht. Von Rechtswegen.« Das alles erfolgte – aber der Amtmann hatte Ruhe und Heiterkeit verloren. Als die Geißkäth auf dem Scheiterhaufen stand, schlug aus dem Dampf und Qualm und den leckenden

Zungen der Flammen ein grelles, ein grausiges Lachen an sein Ohr, und der Amtmann wurde ohnmächtig.

Als er wieder zu sich gebracht war, bot ihm der Amtsschreiber eine Prise und sprach: »Nun, Gestrengen! Ist das Leben wieder frisch? Das war doch einmal ein Hexenprozeßchen, nicht wahr? Und in optima forma!«

»O Amtsschreiber! Hätt' ich Ihm gefolgt!«

»Es ist ein starkes Gemunkel im Ort!« fuhr jener fort. »Die Nachbarn sagen: Ist die Geißkäth eingezogen worden daraufhin, daß Heinz Traberts Weib auf sie bekannt, sie sei mit bei den Hexentänzen gewesen, so müsse auch die gestrenge Frau Amtmännin eingezogen werden, weil die Geißkäth von ihr ein gleiches ausgesagt – so wäre es nicht unbillig.«

»Unsinn! toller Unsinn!« murmelte der Amtmann.

»Das sagte ich ja früher schon!« spöttelte der Amtsschreiber Jodocus Grauschmied, »aber Gestrengen beliebten zu sagen, denselben habe nur ich in meinem Kopf« –

Am dritten Tage nach dem Hexenbrand, genau in derselben Stunde, in welcher die Geißkäth zum letzten Male lachte – rührte den Herrn Amtmann Samuel Ebert der Schlag – und er trat vor Gottes Gericht, wohin die unschuldig Gerichtete ihn geladen hatte. –